AF293068

Kurts Kurzgeschichten Band III

Geschichten, wie sie jeder erleben könnte.

Überall, wo Menschen unterwegs sind, in der Stadt, auf dem Land, im Supermarkt oder im Bus, überall findet das Leben statt. Und manches, das passiert, sollte man festhalten und erzählen.

Kurts Kurzgeschichten erzählen von alltäglichen Begebenheiten. Man muss nur mit offenen Augen und gespitzten Ohren im Leben unterwegs sein. Manchmal entstehen Kurzgeschichten sogar direkt vor der eigenen Haustür. Es ist keine Kunst, sie zu erkennen.

<u>Die persönliche Übersicht</u>

Kurt Schmitz, Jahrgang 1966, unterhält mit seinen Geschichten seit vielen Jahren große und kleine Leserinnen und Leser.

Alles begann mit unterhaltsamen Kurzgeschichten zu Weihnachten, in denen Zimtsterne, Weihnachtskugeln und Krippenfiguren von ihm zum Leben erweckt wurden. *Verschmitzte Weihnachten* erfreut seit 2004 Groß und Klein, Jung und Alt.

Bei den Kurzgeschichten aus *Tierische Weihnachten* dreht sich auch wieder alles um die festlichste Zeit des Jahres, aber diesmal handeln die Geschichten von Hund und Katze, Maus und Co.

2018 erschien das erste Band *Kurts Kurzgeschichten*. Lustige und auch mal zum Nachdenken anregende alltägliche Geschichten aller Art erfreuten viele Leserinnen und Leser, so dass Band II nicht lange auf sich warten ließ.

Während es sich bei allen Geschichten von Kurt Schmitz bisher um Kurzgeschichten handelte, erschien Ende 2020 das Buch: *Wie Walther sein h verlor*. Über diese fast 300 Seiten gute Unterhaltung freut sich eine breite Leserschaft jeden Alters.

Es gibt immer etwas, dass man aufschreiben und mit anderen teilen sollte.

Inhalt

Tierliebe

Ein Besuch in einem Baumarkt lohnt sich, meines Erachtens nach, immer. Man bekommt neue Ideen, wie man die Wohnung gestalten kann, findet die ein oder andere Schraube, die schon länger mal erneuert werden muss und, wenn der Baumarkt eine Zoo- und Pflanzenabteilung hat, Zubehör und Pflanzen für die Gestaltung des Balkons. Ein Baumarkt ist ein Ort, an dem es einem nie langweilig werden kann.

Auf der Suche nach etwas Dekoration für die Weihnachtszeit war ich mal wieder in einem großen Baumarkt unterwegs.

Die Fläche für die Weihnachtsdekorationen befand sich relativ nah bei der Zooabteilung, der ich auch gerne mal einen Besuch abstatte.

Während ich durch die Gänge schlenderte, zwitscherten im Hintergrund Vögel, die darauf warteten, ein neues Zuhause zu finden. Zwischendurch hörte ich das Gackern von Hühnern. „Komisch", dachte ich, „es ist mir noch nie aufgefallen, dass der Baumarkt jetzt auch Hühner verkauft." Aber ich schob den Gedanken schnell beiseite. Im Fernsehen hatte ich mal einen Bericht darüber gesehen, dass sich immer mehr Berliner Bienen auf dem Balkon halten und dass sich auch Hühner bei Eigenheimbesitzern am Stadtrand mehr und mehr großer Beliebtheit erfreuen. Warum sollte ein Baumarkt mit Zooabteilung somit keine Hühner verkaufen?

Endlich hatte ich die passende Dekoration für mich gefunden und machte mich auf den Weg zur Kasse. Auf dem Weg dorthin entfernte ich mich von der Verkaufsfläche für Dekorationen, aber auch von der Zooabteilung.

„Merkwürdig", ich schaute mich um, „das Hühnergackern wird immer lauter." Ich schaute nach links. Dort kam gerade ein Mann um die Ecke und er hatte, zu meinem Erstaunen, zwei Hühner auf seinen Schultern sitzen. Ein braunes und ein weißes Huhn. Die Hühner waren relativ klein, wohl irgendwelche Zwerghühner. Sie hatten ein auffälliges Gefieder, das wie gefächert etwas abstand und die beiden gackerten und piepten vor sich hin. Auf den Schultern des Mannes fühlten sie sich scheinbar sicher und wohl. Es schien jedenfalls nicht der erste Ausflug für die beiden zu sein, da sie keine Anzeichen von Fluchtversuchen oder Panik zeigten.

Okay, als Stadtmensch ist man ja schon einiges gewöhnt: Neben Hunden und Katzen, werden auch mal Echsen oder Hausschweine nach draußen geführt, damit die Tiere sich mal an der frischen Luft bewegen können. Oder man setzt sich seinen Papagei auf die Schulter, damit er sich in der Nachbarschaft mal umschauen kann. Aber in all den Jahren, die ich in der Stadt unterwegs bin, habe ich nie Hühner auf den Schultern sitzen sehen. Ich kannte Hühner bisher nur von meinen Großeltern und dort waren sie in einem Freilaufgehege hinter dem Haus untergebracht.

Tierliebe scheint jedenfalls keine Grenzen zu kennen. Und solange es dem Tier nicht schadet, ist Abwechslung für sie ja auch gut und wichtig. Da kann es dann auch mal ein Besuch im Baumarkt sein …

Barfußpfad

Etwas außerhalb von Berlin habe ich bei einem Ausflug ein Schild gesehen mit der Aufschrift „Barfußpfad". Das sagte mir erstmal nicht so viel, so dass ich mir die Erklärung auf dem Schild hierzu genauer anschaute.

Man zieht seine Schuhe und Strümpfe aus und läuft barfuß über einen Weg durch den Wald. Über Baumscheiben, Mulch, Tannenzapfen, Gras, Kieselsteine, Sand und Hölzer und noch mehr Bodenbelägen soll man gehen. Mal trockenen Fußes oder auch mal über feuchte Wege. Dieser besondere Spaziergang soll die Durchblutung des ganzen Körpers anregen, die Füße stärken und sich auch positiv auf die Rückenmuskulatur und die Bandscheiben auswirken. Durch das intensive Erlebnis sollen auch Glückshormone freigesetzt werden, so dass man sich gut und positiv gestimmt fühlt und auch entspannt.

Das klang alles sehr gut und einleuchtend. Ich nahm mir fest vor, auch mal auf einem Barfußpfad zu wandeln. Hinter dem Schild führte der Pfad in einen Wald hinein, aber heute hatte ich leider keine Zeit dazu. Außerdem schien mir der Pfad zu künstlich zu sein. Irgendwie wollte ich für so ein Erlebnis mehr Natürlichkeit haben.

Wenige Wochen später hatte ich eine Radtour gemacht und befand mich in einem großen

Park. Ich machte eine Pause und schaute auf die große Wiesenfläche vor mir.

„Das ist die Gelegenheit", dachte ich mir. „Hier könnte ich ja mal barfuß laufen." Das war sicher nicht dasselbe wie auf dem Barfußpfad, aber zumindest konnte ich mal ein Gefühl dafür bekommen, wie das sein könnte. Dass die Wiese noch ein bisschen feucht vom Morgentau war, störte mich nicht.

Kurzentschlossen zog ich Schuhe und Strümpfe aus und ging barfuß los. Das Problem war, dass ich in dem hohen und dichten Gras nicht richtig sehen konnte, was auf dem Boden lag. Die Wiese war also wie ein großes Überraschungspaket für mich.

Ich hätte nicht gedacht, wie empfindlich meine Füße auf jede Unebenheit des Bodens oder auf alles, was auf der Wiese lag, reagieren. Es dauerte eine ganze Zeitlang, bis ich einigermaßen normal auftreten konnte. Doch bei jedem kleinen Zweig oder Steinchen zogen sich meine Zehen zusammen und ich wich automatisch dem auf dem Boden liegenden „Hindernis" aus.

Bisher hatte ich noch keine Glücksgefühle und war überhaupt nicht entspannt.

Aber ich wollte nicht so schnell aufgeben. Schließlich müssen die Füße sich ja erstmal daran gewöhnen, dass sie nicht mehr in Schuhen stecken und trotzdem vorwärtskommen müssen. Langsam ging ich weiter.

Ich stellte fest, dass ich die Arme ausgebreitet hatte … scheinbar musste ich irgendwie das Gleichgewicht halten, wenn ich meine Füße nicht richtig auf dem Boden aufsetzen konnte.

Ich versuchte zu spüren, was sich unter meinen Zehen befand: Steine, mal spitz, mal flach, mal klein oder mal etwas größer. Natürlich auch Gras, schließlich ging ich ja über eine Wiese. „Oh, ein größerer Zweig", stellte ich fest. „Und jetzt?", es war kühl und flach. Ich schaute nach unten. „Ein Kronkorken von einer Bierflasche. Der gehört eigentlich nicht hierher", sagte ich laut und schüttelte den Kopf. Aber ich ging tapfer weiter. „Was ist das?", überlegte ich und schaute nach unten. „Eine Zigarettenkippe." Sie hing zwischen meinen Zehen fest. Mich schüttelte es. Schnell streifte ich die Kippe wieder ab. „Ich bin halt in einem Stadtpark", sagte ich mir, um mich selbst zu beruhigen. „Da muss man mit sowas rechnen." Ich setzte meinen Weg fort. Langsam hatte ich mich etwas daran gewöhnt, barfuß zu sein.

Dann spürte ich wieder etwas, das ich nicht zuordnen konnte.

Es war weich und hing, wie schon die Zigarettenkippe, zwischen meinen Zehen fest. Vorsichtig schaute ich nach unten und erschreckte mich regelrecht. Dann ekelte es mich. Es war ein Stück Verband, das durch die morgendliche Feuchtigkeit oder Regen aufgequollen war. Ich schüttelte den Fuß so stark es ging, um diesen Fremdkörper so schnell wie möglich wieder loszuwerden. Endlich fiel er ab.

„Jetzt reicht es mir", entschied ich. „Ich will meine Schuhe wiederhaben!"

So schnell ich konnte, ging ich zu meinem Fahrrad zurück, natürlich nicht, ohne mir am feuchten Gras immer wieder die Füße abzustreifen. An meinem Fahrrad angekommen, trocknete ich meine Füße mit einem Papiertaschentuch sehr gründlich ab und zog Strümpfe und Schuhe wieder an. „Das schreit nach einem sehr intensiven Fußbad in der Badewanne", dachte ich und schaute auf die Wiese.

„Komisch, jetzt beim Zurücklaufen war ich viel schneller gewesen und habe kaum gespürt, was unter meinen Füßen lag", überlegte ich. Der Ekel hatte wohl mein Feingefühl in den Füßen „ausgeschaltet" und dadurch konnte ich schnellen Schrittes mein Fahrrad erreichen.

Vom Barfußbaden auf einer Parkwiese hatte ich jedenfalls erstmal die Nase voll. Da wollte ich doch lieber auf einem künstlich angelegten Pfad spazieren gehen. Man wusste zwar auch dort nicht immer direkt, was man zwischen den Zehen hatte, aber das schlimmste konnte vielleicht

eine Schnecke sein. Und ich glaube, die würde
sich mehr erschrecken als ich, wenn sie zwischen meinen Zehen festklemmen würde.

Im Badesee

Es war ein sehr heißer Sommer und ich besuchte einen meiner besten Freunde in Schweden, wo er ein Auslandssemester verbrachte.

Wir hatten eine sehr schöne Zeit zusammen und ließen es uns, soweit seine Arbeit es zuließ, gutgehen.

An einem wieder sehr heißen Tag schlug er vor, zu einem See zum Baden zu fahren. Das klang für mich sehr gut. Ein bisschen Abkühlung würde mir guttun und es klang nach Badespaß.

So machten wir uns also an einem Mittag mit Fahrrädern auf den Weg zu einem stadtnahen See. Wir radelten eine ganze Weile, aber der Weg ist ja bekanntlich das Ziel, das wir dann auch irgendwann erreicht hatten. Wir schlossen unsere Fahrräder an und stiegen einen leichten Abhang hinab zum See. Es war ein sehr schön gelegenes Gewässer. Das Wasser war klar und ruhig und es gab ein paar Liegeflächen. Der See selbst war von unserer Seite aus mit einem Schilfgürtel bewachsen, der jedoch einen schmalen Bereich offen ließ, so dass wir problemlos ins Wasser gehen konnten.

Nachdem wir unsere Decken ausgebreitet und es uns bequem gemacht hatten, hielt es uns nicht lange außerhalb des Wassers. Zuerst

mussten wir das erfrischende Nass kurz über-
winden, aber dann genossen wir die Abkühlung.

Später am Strand legten wir uns wieder in die
Sonne und ließen uns von dieser wieder ange-
nehm aufwärmen. Wir genossen die Ruhe und
ich freute mich über die gute Idee, die mein
Freund gehabt hatte.

Als wir schon eine Weile am Ufer lagen, zog es
mich wieder ins kühle Nass. „Kommst du mit?",
fragte ich meinen Freund. „Och, nö", sagte er
nur. „Keine Lust."

Ich stand auf, ging allein zu dem schilffreien Zu-
gang und glitt langsam ins Wasser hinein. Tat
das gut.

„Ein kleines Stück kann ich noch rausschwim-
men", dachte ich. „Dann habe ich bestimmt einen guten Überblick über das Ufer."

Kurz darauf staunte ich nicht schlecht: Zu meiner Überraschung sah ich ganz in der Nähe vor
mir kleine Luftblasen aufsteigen. „Ein Tau-
cher?", überlegte ich kurz. Aber dazu waren die
Luftblasen viel zu klein. Dann löste sich das Rät-
sel: Der (zugegeben kleine) Kopf einer Wasser-
schlange tauchte vor mir auf. Darauf war ich
wirklich nicht vorbereitet gewesen. Ich schrie
laut auf und versuchte, im Wasser zu bremsen.
Die Schlange schien im gleichen Moment auch
gebremst zu haben und wir starrten uns an. Ich

weiß nicht, wer sich mehr erschrocken hat. Aber ich dachte nur: „Ufer!", und versuchte, mich so schnell wie möglich im Wasser umzudrehen und zum Ufer zurückzukommen. Die Schlange dachte wohl im gleichen Moment dasselbe: „Ufer!". Natürlich nicht, um an Land zu kommen, sondern vielleicht einfach nur, um einfach mal in diese Richtung zu schwimmen. Zumindest Richtung Schilf. Da die Schlange im Wasser in ihrem natürlichen Element im Vorteil war, sah ich sie plötzlich vor mir herschwimmen. Sie war einfach schneller als ich.

Man könnte jetzt vielleicht denken, dass ich ja weiterhin beruhigt im Wasser bleiben konnte, da die Schlange ja wegschwamm, aber wie konnte ich sichergehen, dass nicht noch mehr Schlangen vor mir auftauchen würden? Mein Herz klopfte und ich wollte so schnell wie möglich an das rettende Ufer.

Langsam, die Wasseroberfläche genau be-obachtend, schwamm ich Richtung Land. Vor mir sah ich den (immer noch kleinen) Kopf der Schlange, der den gleichen Weg hatte, wie ich. Und wie es so sein sollte, bewegte sich dieser Schlangenkopf auf den schilffreien Bereich zu, den ich nutzen musste, um aus dem Wasser zu kommen. Nun traute ich mich nicht mehr, weiter-zuschwimmen.

Aber meine Rettung nahte bereits: Durch mei-nen Aufschrei hatten sich bereits mehrere

Schwimmer auf den Weg zu mir gemacht, um mir zu helfen. Als sie bei mir eintrafen, erklärte ich ganz aufgeregt, dass ich eine Schlange gesehen hatte.

Die Retter schienen entspannt zu bleiben und meinten, ich solle wieder an Land schwimmen. „Aber in die Richtung ist die Schlange auch geschwommen", sagte ich verunsichert. Ein Mann lachte. „Okay" sagte er. „Wir bringen dich zum Ufer."

Die Retter verteilten sich um mich herum und gemeinsam machten wir uns auf den Weg zum Schilfgürtel, hinter dem das sichere Ufer auf mich wartete.

Ich konnte meinen Blick kaum von der Wasseroberfläche, geschweige denn vom Schilf nehmen. Bei jeder kleinen Welle rechnete ich damit, einem weiteren Seeungeheuer zu begegnen.

Aber es geschah nichts weiter Unerwartetes.

Als ich zum Ufer sah, konnte ich erkennen, dass mein Freund bereits Ausschau nach mir hielt. Er hatte die Aufregung im Wasser mitbekommen und machte sich Sorgen. Da er aber sehen konnte, dass ich sicher ans Ufer geleitet wurde, wartete er ab, bis ich bei ihm eingetroffen war.

So schnell ich konnte, stieg ich aus dem Wasser und bedankte mich bei meinen Helfern.

Ich trocknete mich ab und erklärte meinem Freund, was passiert war. Er lachte und so langsam entspannte auch ich mich wieder.

Als ich auf meinem Handtuch saß, kam ein Mann zu mir. „Du hast eine Schlange gesehen?", fragte er mich. „Ja", antwortete ich und der Mann erklärte mir, dass diese Schlangen sehr selten in dem See sind und ich mich glücklich schätzen könne, eine gesehen zu haben.

Ich sah das etwas anders. Diese Begegnung hätte nicht sein müssen. An diesem Tag bin ich jedenfalls nicht mehr in den See hineingegangen, obwohl die Sonne so stark brannte.

Ich bin ein großer Naturliebhaber, aber manche Begegnung mit Tieren möchte ich dann doch nicht live erleben. Es gibt Tiere, die ich mir lieber im Fernsehen anschaue. Und meinetwegen kann auf dem Bildschirm dann auch eine Schlange auftauchen. Aber die würde mich nicht so erschrecken können. Schließlich bin ich auf dem Sofa in meinem natürlichen Element und dank der Fernbedienung im Vorteil.

Spaghetti alla Carbonara

Ich war zum Essen eingeladen und es gab eines meiner Lieblingsgerichte: Spaghetti alla Carbonara. Das hatte ich schon sehr lange nicht mehr gegessen und ich freute mich sehr darauf.

Als ich meinen Teller bekam, auf dem das Essen angerichtet war, sah das sehr lecker aus und duftete verführerisch.

„Moment, ich habe etwas vergessen", sagte mein Freund und lief in die Küche.

Da Spaghetti alla Carbonara mit Sahne und Parmesan zubereitet wird, wunderte ich mich darüber, dass er Parmesan auf den Tisch stellte. Die Verpackung hatte ich sofort erkannt, sie glich der, die ich auch zu Hause hatte. Ich zögerte nicht lange und griff danach.

„Achtung! Da kommt viel auf einmal raus", sagte mein fürsorglicher Gastgeber und ich dachte nur: „Warum geizt er jetzt mit dem Parmesan?"

Dann schüttete ich und eine ordentliche Menge Weißes ließ sich auf meinem Essen nieder. Aber zu meinem Erstaunen handelte es sich nicht um Parmesan, sondern um Salz.

Mein Freund schaute mich an. „Ich habe doch gesagt, dass viel auf einmal aus der Tüte rauskommt."

Für einen Moment war ich erstarrt, aber jetzt versuchte ich ganz schnell, so viel Salz wie möglich wieder von meinem Essen zu nehmen. Spaghetti sei Dank, hatte ich ja einen Löffel neben mir liegen.

Einen Teil konnte ich abkratzen, aber den Rest Salz, den ich nicht entfernen konnte, mischte ich unter das Essen und hoffte, dass ich es mir nicht selbst verdorben hatte.

„Hat es dir geschmeckt?“, wurde ich gefragt, als ich meinen Teller schließlich geleert hatte.

„Ja, gut“, sagte ich anerkennend. „Aber ein bisschen weniger Salz wäre besser gewesen“, ergänzte ich noch leise und versuchte es mit einem vorwurfsvollen Blick. Aber dann musste ich lachen. Diesen Fauxpas hatte ich mir wohl selbst zuzuschreiben.

Essenswiedergabe

Die U-Bahn war voll. Mir gegenüber saßen drei Frauen, von denen eine ein etwa fünfjähriges Kind auf dem Schoß sitzen hatte.

Das Kind sah irgendwie unglücklich aus und schaute seine Mutter missmutig an. Die Mutter aber sah sehr freundlich aus und redete fürsorglich mit ihrem Kind. Sie gab sich wirklich sehr viel Mühe, aber das Kind hatte scheinbar nicht vor, seine Mutter anzulächeln.

„Merkwürdig", dachte ich. „Ob das Kind seinen Willen nicht durchsetzen konnte und ist jetzt bockig?", überlegte ich.

Doch des Rätsels Lösung bahnte sich bereits seinen Weg!

Plötzlich öffnete das Kind seinen Mund und übergab sich. Die Essenswiedergabe landete auf dem Mantel der Mutter und auf dem der daneben sitzenden Frau. Es war ein kurzes Erlebnis für alle und schnell reichten einige Leute der Mutter und der anderen Frau Papiertaschentücher, damit sie den Schaden beseitigen konnten.

Der Mutter war die Situation äußerst peinlich. „Es tut mir leid", sagte sie zu ihrer Sitznachbarin, während sie ihren und deren Mantel sauber wischte. „Die Kleine ist Karussell gefahren und

ihr wurde schlecht davon. Deswegen wollten wir
jetzt nach Hause fahren."

Ich schaute das Kind an. Es saß noch immer auf
dem Schoß seiner Mutter. Aber jetzt lächelte es.
Es war also doch nicht bockig gewesen.

Hilfsbereitschaft

Die S-Bahn transportiert täglich Massen an Menschen von einem Ort zum anderen. Viele nutzen die Fahrzeit, um zu lesen, auf ihrem Handy zu spielen oder ein kurzes Schläfchen zu machen.

Leider nehmen die Fahrgäste hierdurch ihre Umgebung oft nicht mehr wahr. Steigt also jemand ein, der keinen Sitzplatz mehr findet, aber sich z. B. wegen seines Alters nicht mehr gut festhalten kann, kann es schonmal vorkommen, dass derjenige während seiner Fahrzeit stehen bleiben muss, weil niemand seinen Sitzplatz anbietet. Mir scheint, dass die Hilfsbereitschaft unter den Menschen nicht mehr so groß ist, weil jeder nur noch mit sich selbst beschäftigt ist.

Neulich habe ich aber das genaue Gegenteil erlebt: An einem S-Bahnhof öffneten sich die Türen der Bahn. Mehrere Menschen stiegen aus und noch mehr stiegen wieder ein. Die gerade frei gewordenen Sitzplätze waren somit sofort wieder besetzt und einige Leute mussten wieder stehen.

Ein alter Mann, der auch eingestiegen war, fiel mir dabei auf. Er wirkte sehr unsicher und unbeholfen, als er sich neben die S-Bahn-Tür stellte. Dann sah ich, dass der Mann blind war und ein entsprechendes Zeichen sowie einen Blindenstock trug.

Ich saß relativ weit weg von ihm, konnte aber sehen, dass ein junger Mann aufstand, um den blinden Mann sitzen zu lassen. Das freute mich, aber der alte Mann machte keine Anstalten, Platz zu nehmen. Eine Frau, die näher an dem alten Mann saß, stand nun ebenfalls auf, um ihren Platz freizumachen. Aber auch hier setzte sich der alte Mann nicht hin.

Es war eine merkwürdige Situation in der S-Bahn, viele wollten helfen, aber der alte Mann nahm keine Hilfe an, obwohl er sehr unsicher auf den Beinen war.

Doch dann fiel bei einer Frau der „Groschen": Die Leute waren für den alten Mann zwar aufgestanden, aber wie hätte er die freien Sitzplätze sehen können? Er war ja blind! Und niemand sprach mit ihm. „Sie können sich hierhin setzen", sagte die Frau schließlich, fasste den Mann am Arm und führte ihn zu einem freien Sitzplatz.

Es hatte etwas gedauert, aber endlich saß der Mann sicher auf einem Platz.

„So viel Aufmerksamkeit gibt es nicht oft", dachte ich. Aber es gibt Hoffnung: Hier hatten schließlich einige Leute sofort reagiert und wollten helfen. Dass es dann mal etwas länger dauern kann, darüber kann man hinwegsehen. Schließlich zählen der gute Wille und das Ergebnis.

Schneeleoparden

Einer meiner Lieblingsorte in Berlin ist der Tierpark. Ich gehe gerne dorthin und schaue mir die unterschiedlichsten Tiere aus vielen Ländern an, die hier in tierfreundlichen, relativ großen Gehegen untergebracht sind.

Man sagt ja, dass es für Menschen lehrreich ist, einen Besuch im Tierpark zu machen und für die Tiere ist es eine Abwechslung, wenn Menschen an ihren Gehegen vorbeiflanieren und sie damit von ihrem, leider oft eintönigen, Alltag ablenken. Die Tiere langweilen sich sonst.

Dieses Jahr war ich bereits mehrfach im Tierpark. Ein lästiges Virus namens Corona hielt die Welt fest im Griff und erschwerte den Alltag enorm. Ich machte also mal wieder einen Besuch im Tierpark, um auf andere Gedanken zu kommen.

Es war relativ leer in der Anlage und mein Weg führte mich vorbei an verschiedenen Gehegen bis hin zu den Schneeleoparden, die ich mir gerne ansehe.

Am Gehege waren zeitgleich zwei Väter mit ihren Kindern angekommen.

„Sei vorsichtig", sagte einer der Väter zu seiner kleinen Tochter. „Geh nicht so nah ran an das Gitter. Die sind gefährlich."

Das Kind machte einen Schritt rückwärts und betrachtete die Schneeleoparden ausgiebig.

„Sind das Coronas?", fragte es schließlich seinen Vater.

Der Vater lachte. „Nein", sagte er. „Das sind Schneeleoparden. Das sind Raubkatzen."

„Ach so", sagte das Kind nur, betrachtete die Schneeleoparden weiter und kurze Zeit später zogen die Väter mit ihren Kindern weiter.

„Wie kann man einem Kind Corona erklären?", überlegte ich danach. „Ein Virus ist für unser bloßes Auge nicht zu sehen und trotzdem ist es da und kann gefährlich werden." Ich zuckte mit den Schultern und sah mir die Schneeleoparden an. „Wenn es doch nur so einfach wäre wie mit den Schneeleoparden", ging mir ein Gedanke durch den Kopf, „dann würde man das Virus einfangen, in einen Käfig sperren und alles wäre wieder gut."

Aber vorerst mussten wir wohl mit der Tatsache leben, dass das Virus noch immer frei war. Ich hätte es nur zu gerne in einen Käfig gesteckt. Einen Besuch würde ich dem Virus aber nicht abstatten. Soll es sich meinetwegen im Käfig langweilen.

Punker im Park

Mit dem Fahrrad habe ich einen Ausflug gemacht und mich für eine ausgiebige Pause in einem großen Park auf eine Bank gesetzt. Ich
hatte etwas Wasser getrunken und einen Müsli-
riegel gegessen und beobachtete die Menschen, die an mir vorbeigingen, Radfahrer oder
Spaziergänger, die ihre Hunde ausführten.

Dann hörte ich in der Ferne laute Musik. Über-
rascht schaute ich mich um. Es war Punkmusik,
die nicht so ganz in die friedliche und stille At-
mosphäre des Parks passte. Aber schließlich
war es ein öffentlicher Park und warum sollte ich
mich darüber aufregen? Jeder wollte sich auf
seine Weise erholen. Ich hoffte einfach nur,
dass die Musik nicht dauerhaft zu hören war.

Doch sie wurde lauter und dann sah ich einen
Trupp junger Leute auf einem Weg auf mich zu-
kommen. Es waren die klassischen Punker, so
wie ich sie mir vorstelle: Irokesenschnitt, bunt
gefärbte Haare, ein paar grobe Ketten um den
Hals gehängt. Zerrissene Hosen, Schlabber-T-
Shirts. Auffällig, aber nicht unangenehm. Ein
paar Hunde begleiteten die Truppe. Einer der
jungen Leute zog einen Bollerwagen hinter sich
her, in dem neben Bierkästen auch ein kleiner
Grill und die kleine Musikanlage zu erkennen
waren, aus der die Musik kam.

Die jungen Leute waren in einem Alter, in dem man sich vom Elternhaus abgrenzen will, cool und erwachsen auftreten und als solches wahrgenommen werden möchte.

Im gleichen Augenblick, als die Punker in meiner Nähe vorbeizogen, spazierte ein Vater mit seinem Sohn an mir vorbei. Der Junge betrachtete die Punker interessiert und erfreut. „Papa?", fragte er und hüpfte aufgeregt an der Hand seines Vaters auf und ab, „sind das Clowns?"

Der Vater grinste und auch ich konnte mir ein Lachen kaum verkneifen. „Nein", sagte er, während er nach einer passenden Antwort suchte. „Die jungen Leute haben einfach Spaß daran, anders auszusehen, als anderen Leute", sagte er schließlich.

Der Junge nickte und man sah ihm die Enttäuschung an. Er hätte sich über Clowns gefreut. Traurig schaute er den Punkern hinterher. „Ach, wie schade", hörte ich den kleinen Jungen noch sagen und er war wirklich enttäuscht.

Ich sah den Vater an und ich glaube, er war froh, dass sie außerhalb der Hörweite der Punker gewesen waren, als der Junge ihn nach den Punkern gefragt hatte. Die hätten die Frage vielleicht gar nicht lustig gefunden.

Schließlich waren alle weitergezogen und ich war wieder allein. Die Punker, mit denen sich auch die Musik entfernt hatte, und auch der Vater mit seinem Sohn waren ihres Weges gegangen.

„Gut, dass die Punker nicht gehört hatten, dass sie für Clowns gehalten wurden", dachte ich noch, bevor ich mich wieder auf meinen Sattel setzte und meine Radtour fortsetzte. „Das hätte das selbstbewusste Auftreten der Punker sicher ins Wanken gebracht. Wenn man in dem Alter und mit dem Styling wahrgenommen werden möchte, dann mit Sicherheit nicht als Clown."

Thai-Massage

Diese Geschichte startet mit einem Gedanken, den viele von uns sicherlich kennen: Man ist angespannt und gestresst und hat das Gefühl, sich etwas Gutes tun zu wollen.

Ich musste nicht lange überlegen, um zu wissen, dass mir eine Massage guttun würde. Schließlich hatte ich mir schon öfters eine gegönnt und fühlte mich hinterher immer gut und entspannt.

Bei einem meiner Spaziergänge hatte ich eine thailändische Massagepraxis entdeckt, die neu zu sein schien. Durch die großen Fensterscheiben konnte ich sehen, dass der Eingangsbereich stilvoll eingerichtet war und harmonisch und beruhigend wirkte.

Vor vielen Jahren bin ich mal in Thailand gewesen. Es hat mir sehr gut gefallen und thailändisches Essen schmeckt mir auch immer sehr gut. „Warum also nicht mal eine thailändische Massage?", überlegte ich. Bisher hatte ich nur Gutes darüber gehört. Kurzentschlossen trat ich ein und machte einen Termin für eine Massage aus.

Bereits am nächsten Tag lag ich nur mit meiner Unterhose bekleidet mit dem Bauch auf einer Liege und erklärte der Masseurin, dass mein Rücken sehr verspannt war. Daraufhin drückte und tastete sie an verschiedenen Stellen auf meinem Rücken und den Schultern sowie auf meinem Nacken herum. Da der Druck schmerzhaft für mich war, konnte ich mir hin und wieder ein kräftiges Aus- und Einatmen nicht verkneifen. Auch zuckte ich manchmal zusammen, obwohl ich mich besonders männlich verhalten wollte. Ich verhielt mich aber wohl eher wie ein Quietsche-Entchen.

Die Masseurin war aber sehr nett und kommentierte mein wiederholtes Zusammenzucken mit den Worten: „Oh je! Oh je!" Schließlich meinte sie, dass sie die Verspannungen nicht mit einer einzelnen Massage lösen könne.

Irgendwie war mir das schon vor dem Betreten der Räumlichkeiten klar gewesen. „Das habe ich mir schon gedacht", sagte ich zu ihr. „Aber das ist kein Problem. Dann komme ich eben ein paar Mal zu Ihnen."

„Das ist gut", sagte die Masseurin. „Dann lösen wir die Verspannungen nach und nach auf."

Dann begann sie vorsichtig, die Verspannungen in meinem Rücken und die in meinen Schultern mal durch leichten und mal durch festeren Druck zu lösen und auch der Nacken kam nicht zu kurz.

Zu meiner Freude zeigte sie mir noch ein paar leichte Übungen, die ich zur Lockerung zu Hause machen konnte. Das gefiel mir sehr gut. Die Masseurin hatte also meine Gesundheit im

Kopf und es ging nicht darum, mir das Geld aus der Tasche zu ziehen. Schließlich musste ich die Kosten für die Massage selbst bezahlen.

Beim Verlassen des Massageraums fühlte ich mich etwas besser als zuvor und machte gleich einen weiteren Termin mit der Masseurin aus.

Im Laufe der kommenden Wochen war ich dann ein paar Mal bei ihr und von Mal zu Mal spürte ich, dass meine Verspannungen sich lockerten. Ich hatte also die richtige Entscheidung getroffen, als ich vor einiger Zeit die Räumlichkeiten betreten hatte. Vielleicht hatte ich auch nur Glück mit der Masseurin, jedenfalls war ich mit dem Ergebnis zufrieden.

Als ich meiner Masseurin dann bei einem meiner weiteren Termine sagte, dass ich sehr zufrieden mit der Behandlung bin, schlug sie mir eine *richtige* Thai-Massage vor. Sie würde mich von den Füßen bis zum Nacken hin massieren.

Das klang für mich verlockend und nach dem Erfolg der Oberkörpermassage hatte ich das Gefühl, dass meine Füße und Beine auch mal Entspannung verdient hatten.

Ich legte mich also, wie gewohnt mit dem Bauch auf die Liege und meine Masseurin begann mit ihrer Behandlung: Sie knetete meine Füße, drückte darauf herum und bog und zog an meinen Zehen und Beinen. Dann drehte sie die

Füße nach rechts und links und arbeitete sich weiter nach oben vor. Meine Waden wurden geknetet, meine Beine nach hinten Richtung Oberschenkel gebogen. Es wurde gezogen, gedrückt und auf mir herumgeklopft und ich fühlte mich mehr und mehr wie eine Kinderpuppe, deren Haltbarkeit getestet wurde.

Auch meine Pobacken, der Rücken, Schultern und Nacken wurden nicht ausgelassen. Nachdem diese ausgiebig gelockert wurden, war mein Kopf dran. Vorsichtig drehte sie ihn nach rechts und links, auch mal ein bisschen seitlich rechts und links nach unten.

Ich spürte, dass sich meine Masseurin sehr anstrengte, damit es mir gut ging, aber auch ich fand es anstrengend. Das Bedürfnis, je nachdem, welche körperliche Region sie gerade behandelte, laut aufzuschreien, war sehr groß.

Die festen und kräftigen Handgriffe von ihr kannte ich ja bereits, aber heute gab sie wirklich alles. „Thai-Kick-Boxen wird so ähnlich sein", überlegte ich kurz, bevor mich der nächste Schlag traf. Sie schien voll in ihrem Element zu sein. Ihre Behandlung hätte als Vorlage für einen Agentenfilm dienen können, in dem sich während der Behandlung herausstellt, dass die Masseurin zu den „Bösen" gehört. Aber ich war mir sicher, dass sie es gut mit mir meinte und ich versuchte, zu entspannen und die Massage zu genießen.

Zu meiner Überraschung kletterte meine Masseurin mit einem Mal auf die Liege, stellte sich aufrecht hin und griff nach zwei an der Decke parallel zur Liege angebrachten Holzstangen. Dort hielt sie sich fest, als sie sich geradewegs auf meinen Rücken stellte. (Ich hatte immer gedacht, dass an den Stangen Gardinen aufgehängt werden, um die auf der Liege befindliche Person vor aufdringlichen Blicken zu schützen. Aber da hatte ich mich getäuscht.) Vorsichtig, aber gezielt drückte meine Masseurin nun mit ihren Füßen und ihrem Körpergewicht auf meinen Rücken und meine Beine und lief langsam auf und ab. Mir blieb zwischendurch die Luft weg und ich versuchte, ruhig ein- und auszuatmen und zu entspannen. Hin und wieder musste ich aber leise aufstöhnen, so dass sie mich fragte: „Tut weh?" „Ja!", antwortete ich ehrlich. „Gut!", sagte sie daraufhin und machte weiter. Am liebsten hätte ich laut aufgeschrien. Die Behandlung forderte so einiges von mir ab. „Ein Schnitzel fühlt sich bestimmt auch so, wenn es plattgeklopft wird", schoss mir ein Gedanke durch den Kopf.

Als meine Masseurin nach einer gefühlten Ewigkeit mit ihrer Behandlung fertig war, war auch ich fertig. Aber irgendwie fühlte ich mich aufgelockert, entspannt und gut durchblutet. Ich bedankte mich bei ihr und verließ die Räumlichkeiten. „Ich rufe für den nächsten Termin wieder an", sagte ich zu ihr, als ich die Tür hinter mir schloss.

Ich glaube aber, mein Unterbewusstsein hatte in diesem Moment schon entschieden, dass ich erstmal nicht mehr massiert werden wollte.

Meine Masseurin hat sicher alles richtig ge-macht, aber die Prozedur war sehr anstrengend für mich gewesen. Da ließ es sich mit Verspan-nungen doch eine Zeitlang auch immer noch ganz gut leben und ich konzentriere mich lieber auf thailändisches Essen. Das entspannt mich auch.

Starauftritt

Liebe Freunde von mir sind sehr große Filmfans. Ich glaube, es gibt keine Frage zum Thema Kino, die sie nicht beantworten können, keine Schauspielerin und keinen Schauspieler, die/den sie nicht mit Namen kennen oder wissen, in welchem Film sie/er mal mitgespielt hat.

Unfassbar, dass man sich das alles merken kann.

Ich bin froh, wenn ich eine Schauspielerin oder einen Schauspieler ein zweites Mal erkenne. Ich versuche immer, Namen und Aussehen und natürlich besondere Merkmale im Kopf zu behalten, aber sobald ein Star die Haare anders frisiert hat, als im Film zuvor, komme ich schon ins Straucheln und werde unsicher, was den Namen anbetrifft. Aber, hin und wieder gelingt es mir, zu wissen, um wen es sich bei der Schauspielerin oder dem Schauspieler handelt. Darüber freue ich mich dann immer.

Ich war zu Besuch in Köln und ein bekannter Schauspieler aus den USA hatte sich ebenfalls auf den Weg gemacht, die Stadt am Rhein zu besuchen. Anders als ich, besuchte er keine Freunde, sondern machte Werbung in eigener Sache. Da es sich um einen sehr erfolgreichen Schauspieler handelte, den man bereits in vielen Filmen in sehr unterschiedlichen Rollen sehen konnte, war sein Besuch in der Stadt ein Ereignis, an dem viele Filmfans teilhaben wollten.

Vom Namen her kannte ich den Schauspieler auch und ich fand ihn auch gut in seinen Rollen. Ich ließ mich also schnell von einem meiner besten Freunde überzeugen, mit zu einem Mediengelände zu fahren, um den Star vielleicht mal live sehen zu können.

Als wir auf dem Gelände ankamen und das Gebäude betraten, in dem er erwartet wurde, war hier bereits alles auf seinen Besuch ausgerichtet. Ein roter Teppich war ausgerollt worden, rechts und links standen Absperrgitter und die Security achtete darauf, dass die Fangemeinde ordentlich hinter den Absperrgittern blieb.

Die Aufregung war groß und wir hatten Glück: Mit ein bisschen Geschubse standen wir bald ganz vorne am Absperrgitter. Unser Star musste also zwangsläufig an uns vorbeikommen und wir würden ihn gut sehen können.

Wir warteten also und die Ungeduld wurde immer größer. Schubweise machte sich immer wieder Unruhe breit, da wiederholt das Gerücht herumging, dass er gerade eingetroffen sei. Das stellte sich aber leider erstmal immer als Fehlmeldung heraus.

Aber dann war es wirklich soweit. „Da ist er!", rief jemand und die Menschenmenge kam in Bewegung und drängte nach vorne. Ich schaute nach meinem Freund, der aber verschwunden war. „Sicher versucht er, einen noch besseren Standplatz zu finden", dachte ich. Ich entschied, mich nicht von meinem Platz wegzubewegen, da er mich sicher später wieder genau hier suchen würde, wo wir ursprünglich angekommen waren.

Endlich flanierte eine große Gruppe von Menschen auf dem roten Teppich an mir vorbei und im Hintergrund hörte ich Leute rufen und sah Blitzlichter aufleuchten. Die Aufregung hatte mich gepackt und ich war stolz darauf, in der Nähe eines Stars zu sein. Gebannt schaute ich dem Schauspieler hinterher, als er an mir vorbeiging. Und der Schauspieler sah wirklich gut aus. Fast wie im Film. Mein Blick verfolgte ihn unaufhörlich und ich war drauf und dran, seinen Namen zu rufen, bis ich auf einmal einer Frau in die Augen schaute, die neben mir stand.

Sie schüttelte den Kopf. „Das war nur der Begleittross. *Er* kommt da hinten." Dann zeigte sie genau in die andere Richtung und wurde ganz aufgeregt.

„Wie peinlich", dachte ich und drehte meinen Kopf schnell wieder dem Eingang auf der anderen Seite zu. Und tatsächlich, jetzt konnte ich ihn auch sehen und ich erkannte ihn sogar. Jetzt sah er wirklich aus wie im Film. Und anders, als der Mann, den ich vorher als Star erkannt hatte.

Wie gut, dass ich den anderen Mann nicht mit dem Namen des Schauspielers gerufen hatte. Ich glaube, ich hätte mich dann nie wieder in Köln sehen lassen dürfen.

Aber nun hatte ich wirklich mal einen echten Hollywood-Star gesehen und er war tatsächlich (fast) an mir vorbeigelaufen.

Als ich meinem Freund später von meinem Erlebnis erzählte, musste er lachen. Und hier war ich mir wirklich absolut sicher: *Das* wäre ihm nie passiert.

Tabledance

Es war spät geworden, als ich mich an einem Samstagabend, oder besser gesagt, in der Nacht zu Sonntag, auf den Weg nach Hause machte.

Gut gelaunt, aber müde, überquerte ich, natürlich bei Grün und über den Zebrastreifen gehend, eine große Kreuzung und bog links ab Richtung Zuhause.

Hierbei kam ich an einer Tabledance-Bar vorbei, von der das bunte Reklamelicht auf den Gehweg strahlte. Ein Türsteher stand vor der Bar und witterte wohl einen potentiellen Kunden in mir, als er mich sah: Ein einsamer, durch die Nacht spazierender Mann. Er dachte bestimmt, dass ich der Bar noch etwas Geld einbringen könne.

Die Situation hatte etwas Verwegenes an sich, als ich mich auf der Höhe der Bar befand. „Na? Lust auf Tabledance?", fragte der Türsteher mich mit dunkler Stimme, während ich an ihm vorbeiging.

„Nee", sagte ich spontan und mir schoss durch den Kopf: „Hab' die falschen Schuhe an."

Ich erschrak, während ich weiterging. Hatte ich das wirklich gerade gedacht? Dann musste ich lachen. Ich glaube kaum, dass der Türsteher mich dazu auffordern wollte, auf einem Tisch in dieser Bar zu tanzen. Dieser Gedanke war völlig absurd und an den Haaren herbeigezogen.

Aber vielleicht ist die Überlegung doch ganz interessant: Wenn man in eine Karaoke-Bar geht, singt man schließlich auch selber …

Energie

Elektroautos – das Fortbewegungsmittel der Zukunft. Wie oft haben wir schon davon gehört oder darüber gelesen?

Wenn man genauer hinsieht, ist das „E" auf den Autokennzeichen tatsächlich immer öfter zu sehen. Darüber kann man sich freuen, schließlich geht es um unsere Umwelt.

Auch Ladestationen tauchen mehr und mehr auf, so dass die Mobilität mit der Zeit durchgehend gewährleistet werden kann.

„Hier tanken Sie Energie", steht neuerdings auf einem großen Schild an einem Baumarkt in meiner Nähe. Hier kann man also sein E-Auto auch aufladen ... könnte man, würde darunter auf der Ladesäule nicht das Schild "DEFEKT" stehen ...

Aber bekanntlich ist ja aller Anfang schwer.

Mobilfunk

Ich war mit den Kindern einer Freundin unterwegs, auf die ich hin und wieder aufgepasst
habe. Zu diesem Zeitpunkt müssen die Kinder
so etwa zehn und acht Jahre alt gewesen sein.

Auf dem Unterhaltungsprogramm standen heute
ein Spieleabend und davor ein gemeinsames
Abendessen bei mir zu Hause. Dafür wollte ich
mit den Kindern noch einkaufen gehen.

Wir gingen also zu einem Supermarkt ganz in
meiner Nähe und packten den Einkaufswagen
voll. Wenn ich mich recht erinnere, gab es Spaghetti. Das ist bei Kindern nie verkehrt.

Mit dem Wagen schoben wir uns also Richtung
Kassenbereich und tappten voll in die Verkaufs-
falle des Marktes: Kindgerecht und auf deren
Augenhöhe waren bereits kurz vor der Kasse
Süßigkeiten, kleine Spielzeuge und Weiteres
aufgereiht, das Kinderherzen höherschlagen
lässt.

Interessiert betrachteten die beiden die präsen-
tierten Angebote und ich war erstaunt, dass sie
nicht quengelten. „Wow, wie gut sind die beiden
doch erzogen", dachte ich.

Doch dann konnte ihr Blick einem Spielzeug
nicht mehr standhalten: An einem Haken hingen
Verpackungen mit Plastiktelefonen, die echten

Mobiltelefonen nachgeahmt waren. Die Falle hatte zugeschnappt!

„Schau mal", sagten die beiden wie beiläufig zu mir. „Die sehen ja toll aus." Ihre Augen glänzten. „Wir haben sowas nicht", war die nächste Aussage und dann: „Das wäre toll, wenn wir auch solche Telefone hätten."

„Wie schaffen Kinder das nur, so zu gucken, dass man das Gefühl hat, wenn sie diesen Wunsch nicht erfüllt bekommen, werden sie sofort tot umfallen?", fragte ich mich.

Aber, das ist der Vorteil eines „Nenn-Onkels", man darf die Kinder auch mal verwöhnen. Und immerhin waren die beiden bis zu diesem Zeitpunkt ja auch die liebsten und entspanntesten Kinder gewesen, die man sich vorstellen konnte. Warum sollte ich jetzt streng und unnachgiebig sein? Wir hatten einen schönen Nachmittag gehabt und jetzt hatten sie sich eine Belohnung verdient.

Ich nickte und legte zwei dieser Plastiktelefone in unseren Einkaufswagen. Die Freude der beiden war groß und ich freute mich mit. „Mama hätte uns die bestimmt auch gekauft", sagte das Mädchen und psychologisch so unterstützt, war ich froh darüber, den beiden diese kleine Freude gemacht zu haben.

Kaum waren die Spielzeuge bezahlt und wir traten aus dem Supermarkt ins Freie, wurden die Verpackungen eifrig aufgerissen und die Telefone kamen sofort zum Einsatz.

Zu meinem Erstaunen erschallte aus den beiden Geräten sogar ein Klingelton. Es hörte sich schrecklich an: Ein schrilles Geräusch, das einem Läuten ähneln sollte, schepperte aus der Plastikhülle des Telefons. Auch die Lautstärke ließ mich staunen. Man konnte sich zwar nicht miteinander über das Telefon verständigen, aber zumindest war es laut.

„Was habe ich getan?", fragte ich mich erschrocken. Mein schlechtes Gewissen hatte mich eingeholt. „Das wird mir meine Freundin nie verzeihen."

Auf dem Nachhauseweg, bei mir Zuhause und bei jeder sich sonst bietenden Gelegenheit kamen nun diese Telefonate unüberhörbar zum Einsatz. Aber, da ich die Kinder mochte, konnte ich die Geräuschkulisse ertragen. Außerdem würde ich die beiden in wenigen Stunden wieder bei ihrer Mutter abgeben und dann kehrte zumindest bei mir wieder Ruhe ein.

Als ich die Kinder schlussendlich am Abend wieder abgegeben habe, entschuldigte ich mich bei der Mutter dafür, dass ich den beiden die Telefone gekauft hatte. Aber das ließ sich nun leider nicht mehr rückgängig machen. Ich verabschiedete mich, überließ meine Freundin ihrem Schicksal und machte mich mit quälenden Gedanken wieder auf den Weg nach Hause.

Heute, Jahre später, bin ich zum Glück noch immer mit der Mutter der beiden befreundet. Sie hat mir meine erzieherische Schwäche also verziehen.

Aber ich glaube auch, eine Mutter kann ein Lied davon singen, wie schwer es ist, Kindern etwas abzuschlagen, wenn sie einen mit großen und glänzenden Augen hypnotisierend und traurig anschauen. Diesen Blicken war ich ausgeliefert gewesen und somit traf mich vielleicht gar keine Schuld am Kauf dieser Plastikgeräte. Ich hatte mich dem Unausweichlichen einfach nur kampflos ergeben.

Im Wartezimmer

Das Wartezimmer bei meinem Arzt war gut besetzt, aber ich hatte zum Glück noch einen freien Stuhl bekommen und wartete nun geduldig darauf, aufgerufen zu werden. Einige Leute blätterten in Zeitungen oder Magazinen, andere schauten still vor sich hin.

Mein Blick fiel auf eine Mutter mit einem etwa sechsjährigen Kind auf dem Schoß, die mir schräg gegenübersaß. Eine Zeitschrift war unter den Stuhl der beiden gefallen und es schien so, als würde die Mutter schon länger darauf warten, zum Arzt hereingerufen zu werden. Das kleine Kind zumindest rutschte unruhig hin und her und quengelte unablässig, so dass es ziemlich nervte. Die Mutter sah müde und abgekämpft aus.

„Willst du dein Bilderbuch haben?", fragte die Mutter das Kind schließlich völlig genervt. „Jaaa!", antwortete das Kind und die Mutter griff nach ihrer Tasche. Dort zog sie ein für Kinder typisches Bilderbuch heraus. Die Seiten waren aus fester Pappe und das Bild auf dem Buchdeckel zeigte groß und deutlich eine Raupe.

Die Mutter rückte das Kind auf ihrem Schoß zurecht und öffnete das Kinderbuch. Dann begann sie, dem Kind laut vorzulesen.

Ich beobachtete, wie das Kind ruhiger wurde und mit den Fingern immer wieder auf die Buchseiten tippte, so als würde es das Vorgelesene bestätigen wollen. Hin und wieder blätterte das Kind die Seiten um. Das Kind schien die Geschichte sehr zu mögen und sie zu kennen.

Dann sah ich die Mutter an und stutzte: Sie sah gelangweilt aus. Und dann sah ich, dass die Mutter gar nicht in das Buch schaute, als sie den Text aussprach. Sie kannte den Text auswendig!

„Wie oft muss sie dieses Buch schon vorlesen haben?", überlegte ich. Selbst wenn sie den Text nicht hundertprozentig auswendig kannte, so schien er doch zumindest zu den jeweiligen Bildern zu passen, sonst hätte das Kind bestimmt schon gemeckert. Und für mich klang das, was ich hörte, nachvollziehbar.

Die Mutter war froh, das Kind beruhigt zu haben, aber sie wirkte nicht wirklich entspannt, während sie den Buchtext vor sich her sprach.

Dann fiel mein Blick wieder auf die unter dem Stuhl liegende Zeitschrift. Jetzt tat mir die Mutter leid. Sie hätte sicher gerne nur ihre Ruhe gehabt oder etwas Interessantes gelesen. Vielleicht eine Zeitschrift, die man nicht zu Hause hat, sondern nur im Wartezimmer bei einem Arzt findet.

Ich war zum Arzt gegangen, weil ich mich nicht
gut fühlte und das Kind hatte mich mit seinem
Quengeln ziemlich genervt, aber man soll ja niemanden etwas Schlechtes wünschen. Und so
wünschte ich mir im Stillen, dass die Mutter und
das Kind gesund sind und zur Sicherheit auch
noch, dass das Kind bald selbst lesen konnte.
Dann bräuchte die Mutter nicht mehr laut vorzulesen bzw. zu erzählen. Das würde ihr sicher
guttun und ich hätte auch nichts dagegen, wenn
ich den beiden nochmal im Wartezimmer begegnen würde.

Kaputt?

Während ich in einem Supermarkt im Eingangsbereich auf meinen Bruder wartete, blieb mein
Blick an einem Informationsblatt hängen.

Die Überschrift zeigte das Logo und den Namen
einer bekannten Kondommarke.

Neugierig trat ich näher an den Aushang heran
und las den Text. Es wurde darauf hingewiesen,
dass es „Undichtigkeiten" im Material bei einer
bestimmten Kondomausführung geben könne.
Der Hersteller verwies darauf, dass dieser Hin-
weis freiwillig sei und das Kondom hierdurch
kein Risiko bei der Benutzung darstellen würde.
Es bestände „Kein Verlust von Schutz". Ledig-
lich bei der mechanischen Benutzung habe man
die Undichtigkeit festgestellt.

Was immer das genau heißen mag: Es klang
erstmal harmlos und man bekam die Möglich-
keit, bereits gekaufte Kondome sicherheitshal-
ber umtauschen zu können.

Kurze Zeit später verließ ich zusammen mit meinem Bruder den Supermarkt, aber der Gedanke
an diese Information ließ nicht mich nicht los.

Nicht, dass ich diese Kondomsorte selbst benut-
zen würde, aber ich fragte mich, was wäre, wenn
die Undichtigkeit doch ein Risiko darstellen
würde? Mit einem unruhigen Gefühl dachte ich

an die Menschen, die sich vor ungewollter El-
ternschaft schützen wollten und sich plötzlich
mit einer neuen Lebenssituation auseinander-
setzen mussten. Schließlich lesen nicht alle ein
Infoblatt, das in einem Supermarkt aufgehängt
wurde und den Umtausch des Produktes anbietet.

„Im Zweifel für den Angeklagten", sagte ich mir
schließlich und hoffte, dass die Aussage des
Herstellers „Kein Verlust von Schutz" verlässlich
war. Wenn diese Aussage nicht zutreffen sollte,
nun ja …

Handy sei Dank

Es war ein Spaziergang, so wie ich ihn oft und gerne mache. Das, was mich vor meinen Spaziergängen aber ärgert ist die Tatsache, dass ich immer das Gefühl habe, irgendwie erreichbar sein zu müssen.

So wie immer hatte ich also auch diesmal mein Handy eingesteckt, obwohl es keinen wirklichen Grund dafür gab. Schließlich wollte ich meine Ruhe haben und mich entspannen.

Nach ungefähr zwei Stunden war ich auf dem Weg nach Hause, als ich an einem Hang vorbeikam. Der Hang war ziemlich steil und führte vom Gehweg aus nach oben, wo er ein Parkstück begrenzte.

„Hilfe", hörte ich plötzlich eine Stimme rufen.

Ich stutzte und schaute an dem Hang hoch, konnte aber niemanden sehen. „Sicher wieder spielende Kinder, die im Park herumtollen", dachte ich und ging weiter.

Dann hörte ich wieder das Rufen. „Hilfe! Hilfe!"

Wieder schaute ich den Hang hinauf, der mit hohen Gräsern bewachsen war. Sehen konnte ich niemanden, aber zwischenzeitlich nahm ich den Hilferuf jedoch ernster. Spielende Kinder würden nicht nur „Hilfe" rufen, sondern man würde sie auch zwischendurch rufen oder lachen hören.

„Hilfe!" Wieder war die Stimme zu hören. Ich trat ein paar Schritte vom Hang weg und schaute wieder nach oben.

Dann sah ich es: Ein Arm wurde nach oben gestreckt und winkte. Mehr war nicht zu sehen. Mir war klar, dass dort jemand am Boden liegen musste, der nicht mehr aufstehen konnte.

Wieder hörte ich das Rufen: „Hilfe!"

So schnell wie möglich, kletterte ich den Hang hinauf und sah, was geschehen war: Ein junger Mann lag auf dem Weg. Neben ihm sein Skateboard.

„Gott sein Dank", sagte er und war sichtlich erleichtert. „Mein Bein ist gebrochen."

„Können Sie sich bewegen?", fragte ich ihn. Aber mir wurde die Dummheit dieser Frage gleich bewusst. Hätte er sich bewegen können, wäre er sicher aufgestanden oder hätte sich aufgesetzt. Da er am Boden liegend gewunken und um Hilfe gerufen hatte, waren ihm größere Bewegungen wohl eher nicht möglich. Aber ich war aufgeregt. So eine Situation hatte ich bisher noch nicht erlebt.

„Ich rufe die Feuerwehr", sagte ich schließlich und wählte mit zitternden Händen auf meinem Handy die 112.

„Hier liegt jemand, der sagt, dass er sich wohl das Bein gebrochen habe", sagte ich dem Mitarbeiter vom Notruf.

„Ich *habe* mir das Bein gebrochen!", protestierte der Skater lautstark und ungeduldig und schaute mich genervt an. Jetzt, wo Hilfe in der Nähe war, fühlte er sich scheinbar schon wieder sicherer.

Ich überlegte kurz, ob ich ihm das Handy in die Hand drücken sollte. Dann konnte er selbst seine Situation beschreiben. Aber mir wurde schnell klar, dass der Skater Schmerzen haben musste und er einfach hoffte, dass ihm bald geholfen werden würde.

„Okay", sagte ich und korrigierte meine Aussage: „Er *hat* sich das Bein gebrochen!"

Dann erklärte ich der Feuerwehr unseren Standort so gut es ging und sagte, dass ich warten und mich sichtbar hinstellen würde, da ich das Parkstück nicht genauer beschreiben konnte.

Dann beendete ich das Gespräch.

Ich redete noch ein wenig auf den am Boden liegenden Mann ein und versuchte, ihn von seinen Schmerzen abzulenken. Er erzählte mir, dass er von seinem Skateboard abgerutscht war, als er den Weg, der bergab ging, hinuntergefahren war.

Dort hatte er wohl nun schon eine Zeitlang gelegen und auf Hilfe gehofft.

Dann kam endlich der Notarztwagen. Ich winkte und kurze Zeit später waren drei Sanitäter mit einer Trage bei uns angekommen.

Sie machten ein paar kurze Checks und hoben den verletzten Skater auf die Trage.

Vorsichtig trugen zwei Sanitäter nun die menschliche Fracht den Hang hinunter. „Danke", rief der Skater mir noch zu und schon wurde die Trage in das Fahrzeug geschoben.

Das Skateboard drückte ich dem dritten Sanitäter in die Hand. „Sicher wird er wieder draufsteigen, wenn alles in Ordnung ist", sagte ich. Aber ganz sicher war ich mir nicht.

„Als ich von zu Hause losgegangen bin, gab es keinen Grund, das Handy einzustecken", dachte ich bei mir. „Aber ein Grund dafür, das Handy dabei zu haben, kann sich schneller ergeben, als man denkt."

Ich entschied, das Handy als nützlichen Begleiter und nicht mehr als eventuellen Störfaktor anzusehen. Und wenn ich meine Ruhe haben will, kann ich es ja ganz einfach abschalten.

Die Garage

Mit einer Freundin hatte ich mich auf den Weg gemacht, einen langen und schönen Spaziergang zu machen. Wir hatten uns eine Strecke ausgesucht, die durch ein kleines Waldstück führte, dann durch ein paar Dörfer und unser Rückweg sollte uns über eine Wald- und Wiesenfläche führen.

Wir waren bereits eine Weile unterwegs und plauderten vergnügt vor uns her. Es gab immer eine Menge Themen, über die wir sprechen konnten und so war es ein sehr anregender Spaziergang. Aber natürlich hatten wir auch ein Auge auf Flora und Fauna und wir schauten uns ebenfalls die Gebäude und Häuser in den Dörfern an, durch die wir liefen. Hier gab es ein paar wirklich schöne Schmuckstücke, die liebevoll restauriert worden waren oder auch schöne Vorgärten hatten, in denen bunte Blumen um die Wette blühten.

Als wir einen der Ortsausgänge erreichten, nahm ich an einem Haus etwas wahr, dass ich zunächst nicht richtig einordnen konnte.

„Warte mal", sagte ich zu meiner Freundin, drehte mich um und betrachtete das Haus nochmal genauer. Es war nicht so schön wie andere Häuser: Eine braungraue und schmucklose Fassade. Eher langweilig. Der Garten davor nur eine einfache Wiese. Es sah alles irgendwie lieblos aus.

Aber dann musste ich lachen. „Schau mal genauer hin", sagte ich zu meiner Freundin und sie schaute sich das Haus an. Dann begann auch sie zu lachen.

Wir staunten nicht schlecht: Im Erdgeschoss des Hauses war ein Garagentor angebracht. Darüber, im ersten Stock, war das gleiche Garagentor noch einmal vorhanden. Auch glich das Fenster des Erdgeschosses dem der ersten Etage. Das Lachen konnten wir uns nicht verkneifen. Das Bild war zu absurd und wir fragten uns, wieso jemand im ersten Stock ein Garagentor einbauen ließ. Gleiche Fenster, okay, aber zwei Garagentore übereinander …

Eine Zeitlang standen wir noch vor diesem Haus, bevor wir unseren Spaziergang fortsetzten.

Aber nun hatten wir wieder ein Thema, das uns auf dem weiteren Weg beschäftigte. Wir stellten uns viele Fragen zu dem Garagentor im ersten Stock: Handelte es sich um Kunst? Brauchte jemand diese Optik, damit das Gefühl der Ausgewogenheit nicht gestört wurde? Hatte sich eine zweite Person beim Hausbau dafür stark gemacht, ein eigenes Garagentor zu bekommen und die erste Person hatte mit Bosheit diesem Wunsch nachgegeben? Oder waren vielleicht beide Tore nur aus Werbegründen auf der Hauswand angebracht worden?

Wir haben viele Gründe gefunden, um was es gegangen sein könnte. Den wirklichen Grund konnten wir leider nicht mehr erfragen, da wir bereits zu weit von dem Haus entfernt waren, aber es war ein lustiges Erlebnis und wir mussten immer wieder darüber lachen.

Und egal, was der Grund dafür gewesen sein könnte, der Hausbesitzer hatte eins erreicht: Er hatte den Blick auf sein Haus gelenkt. Und, obwohl es nicht schön war, haben wir mehr Zeit davor verbracht, als vor den anderen, herausgeputzten Häusern. Sollte Aufmerksamkeit sein Ziel gewesen sein, hatte der Besitzer seine Aufgabe absolut richtig gemacht!

Eine gute Tat

Es war im April, noch sehr früh am Morgen, und ich war mit dem Fahrrad unterwegs zur Arbeit.

Von zu Hause aus fuhr ich über ein paar Hauptstraßen, um dann in einen großen Park einzubiegen und quer durch diesen den angenehmeren Teil der Strecke hinter mich zu bringen.

Bevor ich den Radweg im Park erreicht hatte, musste ich noch eine größere Straße überqueren. Als die Straße rechts und links einigermaßen frei und übersichtlich war und kein Auto eine Gefahr werden konnte, beeilte ich mich, auf die andere Seite, die Parkseite, zu kommen.

Beim Überqueren nahm ich im Augenwinkel einen Vogel wahr, der auf der Straße saß und sich erschrocken umschaute.

Auf der Parkseite angekommen, stellte ich sofort mein Fahrrad ab.

Dann sah ich genauer hin: Auf dem weißen Mittelstreifen saß ein verängstigter Buntspecht. Die Autos rasten rechts und links an ihm vorbei und der Vogel war völlig verängstigt.

„Er traut sich nicht, loszufliegen", dachte ich und für mich war klar, dass ich dem Vogel irgendwie helfen musste.

Der Autoverkehr war ziemlich dicht und meine Angst, dass jemand den Vogel anfahren würde, war sehr groß.

Doch irgendwann zeigte sich eine größere Lücke, die ich sofort nutzte: Ich lief auf die Straße, nahm den verängstigen Vogel in meine Hände und lief so schnell wie möglich zurück zum Straßenrand. Beruhigend sprach ich während dieser Aktion dem Vogel zu, aber dieser hackte wild auf meine Finger ein. Da ich Handschuhe trug, spürte ich das kaum. Sein Hacken bestätigte mir aber, dass es dem Vogel gar nicht so schlecht gehen konnte.

Ich ging noch ein paar Schritte in den Park hinein und setzte den Vogel an einen Baum.

„Jetzt kannst du fliegen", sagte ich glücklich zu ihm, aber dieser schaute mich nur irritiert an.

Ich betrachtete den Vogel: Er machte einen munteren Eindruck, schien aber verletzt zu sein. Es war ihm jedenfalls nicht möglich, seine Flügel zu spreizen, damit er wegfliegen konnte. Stattdessen versuchte er, an dem Baumstamm hochzuklettern, was ihm aber auch nicht gelang.

„Oh je", dachte ich, „der Vogel ist doch schwerer verletzt."

Mir war klar, dass er sterben würde, wenn er nicht zu einem Tierarzt kommen würde. Aber was sollte ich tun? Es war erst kurz nach sieben Uhr in der Früh und ich würde keine geöffnete Tierarztpraxis finden. Und den Vogel vorübergehend ins Büro mitnehmen konnte ich nicht, da ich keine Transportmöglichkeit für ihn hatte. Wäre es ein Spatz gewesen, hätte ich ihn in meiner Tasche irgendwie unterbringen können, aber ein Buntspecht ist um einiges größer.

Ich überlegte. „Die Polizei, dein Freund und Helfer", ging mir auf einmal ein Werbeslogan durch den Kopf. Gedacht – getan! Ich zog mein Handy aus der Jackentasche und wählte die 110.

Am anderen Ende meldete sich eine freundliche Stimme. Ich sagte meinen Namen, schilderte meinen Standort, dann den Sachverhalt und bat um Hilfe. „Es tut mir leid, dass ich die 110 anrufe, aber ich weiß nicht, wen ich sonst anrufen könnte", sagte ich zum Schluss. „Eigentlich ist die Tierrettungsstelle dafür zuständig", sagte die freundliche Stimme meines Gesprächpartners, „aber ein Fahrzeug ist bei Ihnen in der Nähe und ich schicke die Kollegen mal vorbei."

Ich bedankte mich und das Telefonat war beendet.

Dann wartete ich geduldig. Und der Buntspecht, der sich in der Zwischenzeit nicht mehr von der Stelle gerührt hatte, wartete mit. Viel anderes blieb ihm auch nicht übrig.

Nach ungefähr einer halben Stunde sah ich ein Polizeifahrzeug, dem ich zuwinkte und das Auto hielt an, als der Fahrer mich entdeckt hatte.

Eine junge Polizistin und ein junger Polizist stiegen aus und ich plauderte gleich los, was passiert war. „Können wir bitte Ihren Ausweis sehen?", fragte mich die Polizistin. Das machte zwar für mich nicht wirklich viel Sinn, aber wenn es dem Vogel helfen würde, würde ich das natürlich tun.

Danach zeigte ich den beiden den Buntspecht, der noch immer unten am Baumstamm kauerte.

„Der kann nicht mehr fliegen", sagte ich mitleidvoll, was die Polizistin mit den Worten: „Das erledigt doch die Natur" quittierte.

Ich war schockiert. Da hatte der Vogel die an ihm vorbeirasenden Autos überlebt, ich hatte ihn unter Einsatz meines Lebens in der Mitte der stark befahrenen Straße aufgehoben und jetzt sollte sein Schicksal von einem hungrigen Fuchs besiegelt werden?

Nein, das konnte ich nicht akzeptieren. „Man muss dem armen Tier doch helfen", sagte ich. „Es scheint doch nur ein Flügel gebrochen zu sein. Wenn ihm geholfen wird, kann er sicher bald wieder fliegen." Ich drückte auf die Tränendrüse.

Und es half. „Wir können ihn zur Tierrettung bringen", sagte der Polizist. „Wir müssen nur etwas finden, in das wir ihn hineintun können." Der Polizist drehte sich um und machte sich auf den Weg zum Auto.

Mit ein bisschen Smalltalk überbrückten die Polizistin und ich die Wartezeit, in der der Polizist nach einer Transportmöglichkeit in seinem Kofferraum suchte. Ich sah, wie er einen kleinen Karton hochhob, ihn öffnete, und den Inhalt kurzerhand in den Kofferraum schüttete. Das gefiel mir. Die Rettung für den Vogel war nah.

„Hier können wir den Vogel reintun", sagte der Polizist, als er zu uns zurückkam. „Aber ich setze ihn nicht in den Karton."

„Kein Problem", sagte ich gleich. „Das mache ich."

Ich hob den Vogel trotz seines Protestes auf und setzte ihn, begleitet von seinen Hackattacken, in den Karton. Die Polizistin schloss vorsichtig den Deckel und riss ein provisorisches Luftloch in den Karton. Das sollte dem Vogel helfen, die Fahrt zur Tierrettungsstelle gut zu überstehen.

Zufrieden, dass alles so gut geklappt hatte, bedankte ich mich bei den Polizisten und wir verabschiedeten uns voneinander.

„Gerettet!", dachte ich und freute mich sehr. „Dank der Polizei hat der Vogel jetzt eine Chance, dass er bald wieder im Park fliegen kann", überlegte ich.

Ich setzte mich auf mein Fahrrad und fuhr nun weiter Richtung Büro. Den Polizeiwagen sah ich noch um die Ecke biegen.

„Jeden Tag eine gute Tat", lachte ich in mich hinein. Allerdings hatte ich so früh am Morgen nicht damit gerechnet, etwas Gutes tun zu können. Aber die Polizisten hatten auch eine gute Tat getan. Es war vielleicht nicht ihre erste an diesem Tag, aber vielleicht eine ihrer außergewöhnlichsten.

Security Check

Ich hatte meine Bordkarte am Flughafenschalter bereits abgeholt und machte mich nun auf den Weg zum Security Check.

Da ich grundsätzlich vor Reisen aufgeregt bin, wunderte ich mich nicht mehr darüber, dass mein Blutdruck vor der Kontrolle nochmal etwas anstieg. Schließlich wird man nicht jeden Tag abgetastet oder durchleuchtet und bekommt das Handgepäck kontrolliert.

Aber so cool wie möglich stellte ich mich in die Schlange der Wartenden beim Security Check an.

„Der Nächste bitte!", hörte ich eine Stimme rufen und ich trat nach vorne, um kontrolliert zu werden.

„Herr Schmitz!", sagte auf einmal eine ernste Stimme während der Kontrolle ganz dicht hinter mir und ich erstarrte. Ich fühlte mich ertappt und der Schweiß brach aus mir heraus. Dabei hatte ich wissentlich nichts Illegales bei mir. „Mir muss jemand etwas zugesteckt haben", wurde mir klar und mein Blutdruck erreichte gefühlte Höchstwerte.

Völlig verunsichert drehte ich mich um und rechnete mit allem.

„Wir haben uns ja lange nicht mehr gesehen“, sagte die Frau, die mich soeben mit Namen angesprochen hatte und lächelte mich an.

Erleichtert erkannte ich sie wieder und begann, wieder zu atmen.

Die Frau war eine ehemalige Arbeitskollegin von mir, die nun bei einer Security-Firma arbeitete. Wir plauderten kurz miteinander.

„Es war schön, sie zu sehen“, dachte ich schließlich auf dem Weg zum Terminal, „aber sie hat mich ganz schön erschreckt.“

„Warum fühlt man sich gleich ertappt, selbst wenn man nichts verbrochen hat?“, überlegte ich. Vermutlich liegt das in der Natur mancher Menschen oder einfach nur an meiner Aufregung.

„Ich sollte wohl öfter reisen“, stellte ich fest, „dann hätte ich mehr Routine bei den Kontrollen.“ Und sollte ich mal etwas schmuggeln wollen, rufe ich vorher meine ehemalige Kollegin an und frage, wann sie Dienst hat. Vielleicht habe ich ja Glück und sie lässt mich unbehelligt durch. Nach dem Schreck, den sie mir eingejagt hat, finde ich, dass sie mir etwas schuldig ist …

Hund und Mensch

Man sagt immer, dass sich Hund und Mensch ähnlich sind.

Über dieses Thema und dessen Vorurteile diskutierte ich gerade kontrovers mit einer Freundin, mit der ich einen Spaziergang machte, als plötzlich eine Frau über einen Seitenweg mit ihrem Hund vor uns einbog.

Die Freundin und ich hielten den Atem an und wir bemühten uns, nicht laut loszulachen.

Soeben bestätigen sich die Vorurteile, die wir als solches abtun wollten: Die Hundebesitzerin hatte ihre langen Haare mit Schleifen zu zwei Zöpfen zusammengebunden und trug ein buntes Halstuch. Und der Hund? Er hatte ebenfalls zwei Schleifen um die Ohren gebunden und auch er trug ein Halstuch.

Wir ließen uns etwas zurückfallen, damit der Abstand zwischen den beiden und uns größer wurde und dann lachten wir erstmal laut los.

Wir hatten mit allem gerechnet, aber nicht damit, dass unser Diskussionsthema mit einem aktuellen Erlebnis gefüllt werden würde.

Zumindest waren wir uns jetzt einig: Manchmal können sich Hund und Mensch wirklich sehr ähnlich sehen.

<u>Das Dankeschön</u>

Liebe Leserinnen, liebe Leser,

noch während ich an meinem Buch *Wie Walther sein h verlor* geschrieben habe, habe ich mir nebenbei immer wieder mal Notizen für neue Kurzgeschichten gemacht.

Ich brauchte jedoch nach der Veröffentlichung von *Walther* eine kurze Ruhepause. Meine Tastatur lockte mich aber bereits bald wieder und so entstand in relativ kurzer Zeit *Kurts Kurzgeschichten Band III*.

Ich wünsche allen ganz viel Spaß beim Lesen und möchte die Gelegenheit nutzen und mich bei allen Lese- und Alltagsgefährtinnen und -gefährten für ihre Treue bedanken. Ohne euch und eure Motivation gäbe es weder *Verschmitzte Weihnachten*, *Tierische Weihnachten*, weder *Kurts Kurzgeschichten*, noch *Walther*.

Vielen Dank an alle. Schön, dass es euch gibt!

<u>Eine Anmerkung noch:</u>
Es lag und liegt mir fern, jemandem zu nahe zu treten oder bloßzustellen. Sollte das in diesem Band geschehen sein, bitte ich um Entschuldigung. Es steckt keine böse Absicht dahinter!

<u>Webseite</u>

www.verschmitzte-weihnachten.de

<u>Mailanschriften</u>

verschmitzte-weihnachten@web.de

kurt-schmitz@kurts-kurzgeschichten.de

Bibliografische Information der Deutschen Nationalbibliothek: Die Deutsche Nationalbibliothek ver-
zeichnet diese Publikation in der Deutschen Natio-
nalbibliografie; detaillierte bibliografische Daten sind
im Internet über http://dnb.dnb.de abrufbar.

©2021 Kurt Schmitz

Herstellung und Verlag:
BoD – Books on Demand, Norderstedt

ISBN: 978-3-7534-6014-7